나는 나대로 살았다 어쩔래

나는 나대로 살았다 어쩔래

2021년 4월 20일 초판 1쇄 인쇄
2021년 4월 30일 초판 1쇄 발행

지은이 최 재 목
펴낸이 류 현 석

펴낸곳 21세기문화원
등 록 2000.3.9 제307-2000-18호
주 소 서울 성북구 보문로 193-1
전 화 02-923-8611
팩 스 02-923-8622
이메일 bruceryoo@naver.com

ISBN 979-11-973329-2-0 03810

값 16,000원

최재목 시화집

나는 나대로 살았다 어쩔래

 21세기문화원

『나는 나대로 살았다 어쩔래』를 펴내며

얼떨결에 성철사상연구원에서 간행하는 『고경』이란 잡지에 시와 그림을 싣겠다고 승낙을 하였다. 2년 남짓(2019~2020). 시간은 강물처럼 흘러갔다.

맨 처음에는 시로 출발하였는데, 연구원 측의 요구로 그림이 추가되기 시작하였다.

그림도 배우지 못했고 자신도 없으면서, 한 달에 한 번 시 한두 편에다 그림 두세 점을 부치게 되었다.

돌아서서 꾸물대다 보면 어느새 마감일이다. 당황스러울 때도 있긴 했으나 그런 순간들도 즐거웠다.

나의 작업은 사실 시도 그림도, 모두가 허접한 것이었다. 그저 공부하는 틈틈이 그리고 싶은 대로, 쓰고 싶은 대로 그냥 허둥지둥 날짜에 맞춰 보냈을 뿐이다. 특별히 뭔가를 잘하려는 의도도 없었다.

공부하다 머리가 아플 때, 여행하다 문득 생각이 떠오를 때, 작은 수첩이나 메모지에다 즉흥적으로 잠시 그냥 쓰고 그린 낙서落書들이다. 간혹 세미나에 참석했으나 별로 흥미가 없을 때, 자료집의 백지 아무 데나 낙서를 한 것도 있다. 이렇게 특별한 기법도 없이 촌스럽게 내지른 것들이 대부분이다.

글 속에 그림(書中畵)이, 그림 속에 글씨(畵中書)가 있어, 그림이나 글을 전문적으로 하는 사람들의 눈에는 유치찬란하기도 하고 의아해 할 수도 있다. 그만큼 부끄럽기 짝이 없는 소품들을 버리긴 아깝고 해서 책으로 엮어 보았다.

솔직히 말해서 내 글과 그림은 망상과 망견에서 나온 허망한 짓거리(=헛짓)이다.

평소 부처나 불교에 대해 갖고 있던 나의 생각을, 스쳐 지나가는 그 사념의 순간을 포착하며 쓰고 그렸다. 내 마음이 복잡할 땐 그림도 글도 복잡해졌다. 처음에는 무언가 단순한, 산뜻한 글과 그림을 얻어 내고 싶었으나 미숙한 탓에 그렇게 되질 못했다.

가능한 한 정성스럽게 쓰고 그려 달라, 흑백보다는 채색한 것으로 해 달라는 등의 요구에 따라 내 그림=낙서는 조금씩 망가져 갔다. 무언가를 하고자 하면 잘 안 되었기 때문이다. 그저 툭 튀어나오는 것이어야 했는데 더러 그러질 못했다. 이랬든 저랬든 복잡한 나라는 한 인간의 편린을 글과 그림에 담은 것은 사실이다.

부처는 무엇인가? 왜 부처를 찾는가? 부처는 있기나 한가?

6

이런 물음 앞에 나는 그저 쓰고 그렸지만 나의 대답은 모두 '나의 그림자'였다고 생각한다. '무엇인가?'라고 묻는 마음도, '어디 계신가?' 하고 찾는 마음도, '있거니, 없거니' 하는 생각도 모두 내 욕망의 얼룩이고 때이며 그림자라고 믿는다.

아무 바람도, 물음도, 찾음도, 생각도 없을 때 바로 그 자리에 부처는 이미 온전히 드러나 있다고 생각한다. 부처는 애달고 간절한 찾는 자의 마음에 드러나고 머무는 것이 아니라 무념無念·무상無想으로만 만날 수 있는 존재라고 생각한다. 부처는 한 말씀도 한 적이 없고, 하지도 않고, 할 이유도 없다. 그처럼 아무것도 하지 않는 것이 이미 말씀하시고 계신 것이라 믿는다.

하나 마나 한 소리이겠으나, 내가 있건 없건 아무 상관없이 계시기에, 사실 있으나 마나 한 분일지도 모른다. 아니 내가 아무 상관할 필요도 없고, 그분도 나에게 아무 상관하지 않고 계신 분이라 생각한다.

내 글과 그림도 이런 틈바구니를 헤집고 다니다가 생겨난 잔여물들이다. 결국 나는 구태여 할 필요도, 해서도 안 되는 헛된 물음을 스스로 만들고 또한 헛된 대답을 스스로 하고 있었던 셈이다. 이것을 모두 인정하고 나니 자유로워졌다. '쓰고, 그리는' 것이 아니라 '쓰여지고, 그려지는' 대로 그저 붙들려 다니면 된다.

이런 자력도 타력도 아닌 길 위에서 살며 생각하며, 어디에선가 천사처럼 흩날려서 다가오는 글과 그림에 아마도 부처는 계실 거라고, 나는 더 이상 묻지 않기로 한다. 그냥 이대로 쭈욱 살아가면 된다. 내가 가진 것만으로 이미 완전하다고 믿기 때문이다.

이 책에 실린 시는 성철사상연구원이 발행하는 『고경』에 실린 것
이 2/3이고, 나머지는 기존 시집에는 실리지 않았으나 여타 잡지에
발표한 시 또는 미발표작 가운데서 선별한 것임을 밝혀 둔다.

끝으로 졸작에 해설을 적어 주신 성철사상연구원 조병활 원장님께
감사드린다.
낙서를 모은 이 졸렬한 글과 그림을 출판해 주신 21세기문화원의
류현석 원장에게도 심심한 사의를 표한다.

2021 새해 아침에

돌돌재乭乭齋에서 최재목

차 례

9

제1부

어쩔래

나는 나대로 살았다 어쩔래

나는 나대로 살았다
어쩌라고
너는 너대로 살았잖아
그런데 어쩌라고

너는 너대로
나는 나대로가
훨씬 좋잖아
그런데 왜 자꾸 나더러
너처럼 살라 하는데
그래서 어쩌라고

한 번쯤 막 나가는 삶을
회오리바람처럼
휘몰아치는 삶을
너는 너처럼
나는 나처럼 살자
그래도 된다고
그렇게 말해야 옳잖아

나는 나대로 살았다
어쩔래 네 멱살을 잡으며
그렇게 말하고 싶다
너도 나처럼 그렇게 말해도 돼

좋잖아
그게 좋잖아
한 대 때려 봐 그래도 돼
너는 너처럼
나는 나처럼 살 수 있다면
한 대 맞아도 돼
버림받아도 돼
어쩔래
그래 어쩌라고

그대들은
그렇게 걷고
나는 나대로
걷고, 모두
힘들었다

불火국토처럼, 명자꽃 피다

우리 중간중간 줄줄 새면서 살아왔지만
사잇길에 붉은 꽃 되어, 가을 드는 마을에 마주 앉았다
차마 들킬까 이 마음 숨긴 끝자락 아프도록 문지르며
이나무 먼나무…, 그런 이름들만 들먹여 봐도
아득하여라
햇살로 꽃잎 다독이며 계신, 허접하여 거룩한 하느님
하마터면 뚝뚝 다 익어서 떨어질까 봐
대봉감 홍시 닫고, 하나… 둘… 일곱 발자국 걸어, 가랑잎 흔들리듯
고요 속을 디디며 부처는 올까
가장 존귀한 것이라곤
얼굴 붉히며 타오르는 이 마음밖에, 천상천하유아독존…
아니 천상천하 You are 독종…
그래, 세상 살며 진 빚 어쩌다 중간중간 가을 햇살로 터져
짓무르는데
손 벌려도 더는 없더라, 거기 그저 명자꽃만 궁시렁궁시렁
불火국토처럼, 피어 있더라
하마터면 참 아름다웠을 꽃이여

맨 발

이 벌판 위에는
여름이라는 맨발이
걸어간다
애비 없는 추억들이, 집 잃은 게딱지 햇살들이
신발을 벗어 들고
허물어진 개미둔덕을 넘어,
어리석은 고로, 진실에서만 철썩이는 파도들이
해당화 가시들이
지상의 가장 아름다운 바다를 벗어 놓고 노을 속으로
에미 없는 돌을 밟으면서
맨발로 걸어간다

오늘 밥 먹으며

오늘 밥 먹으며
꽃잎 지는 소릴 듣는다

이와 같이, 나는,
들었다
밥을 먹는지, 꽃잎이 지는지

숟가락을 놓았다

몇 자 고치다 만 글자들도
잔밥 속에 함께 버린다
밥이 법法이라, 법도 버린다
한때, 저 흩날리는 불두佛頭를 따라, 왔다 갔다
맨발로 탁발하러 떠난 1,250송이의 희망이, 고요히 시드는데

부디 양지바른 먼지 위에
묻어 다오
하마터면 너무 또렷했을 실망을

가려워도 긁을 수 없는 등처럼 그냥 그대로 눈감아 다오
끄덕끄덕 수긍하며, 차량에 차량을 달고 가는 밤 열차의 쓸
쓸한 탁발 행렬처럼

자칫 내 실수로 오늘은
꽃이 나를 창가에 포박해 두고, 대신 밥을 먹고 있었다

혼자만 다 먹은 죄 때문

산골짜기 밭에다 감나무를 심어 두 번째 수확을 했다
지난해 열 개, 올해는 열일곱 개
책장 위 끄트머리에다 쭈-욱 널어 놓고
홍시가 될 때마다 먹었다
감은 마음속으로, 마음과 함께 익어 홍시가 되어 갔다
하루에 하나씩…, 일주일, 이주일…
먹어도 먹어도 아, 끝이 없는 홍시를
나는 아마 수백 개는 더 먹었을 거다
마음속으로 쳐다보는 그것은 안 먹어도 늘 먹은 것이다
그 많던 감을 몰래, 혼자 다 먹은 죄 때문에
올해는 혹시나 감이 열리지 않을까
솔직히 쪼매 두렵다

23

하염없이, 산길을 헤매다

부처님 오신 날
나도 따라왔다
내 버릇도, 붉은 입술도, 자식들의 고단한 인생도
함께 따라왔다

부처님 오신 날
무명無明도 함께 따라왔다
그 그림자도 쓸쓸히 따라오며
피었다 시들고,
뼈아픈 고통의 이파리가 푸르러
부처님을 묻어 버렸다

꽃처럼 가신 부처님을, 꽃처럼 오리라 믿고
강물처럼 떠난 부처님을, 강물처럼 오리라 믿는
바보 같은 인생이
하루 종일 피었다 지는데,
아무도 오지 않는 적막 속으로
거미줄이 늘고, 거짓말이 먼지처럼 쌓였다

그 많던 전쟁도, 고통도, 슬픔도
하나 구원하지 못하는
구름과 바람과 쓸쓸함을 쳐다만 보고 있다
아, 부처님은 애당초
그렇게 오셨다
그렇게 가셨다, 하니

하루 종일
그렇게 오실 것만 생각하고, 그렇게 가실 것을 알지 못해
여래如來와 여거如去
두 분의 부처를 업고
나는, 하염없이 산길을 헤매고 있었다

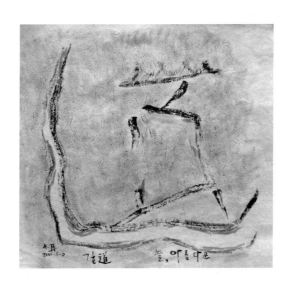

이제 그만 싸우자

흔들리다 결국 금이 가 버린 윗니를 뽑고 와서,
우울하게 누워 있었다
하나 둘, 비어 가는 치아가 좀 서러웠다

어쩌면 내 삶도, 그렇게 차츰 이빨이 빠져나가
가벼워지고 있었다

아는 분한테 전화가 걸려 와서, "이를 뽑고 누워 있다"고 하니,
대뜸 하는 소리가 "누구하고 싸웠습니까? 이제 세상과 너무 싸
우지 마세요"라고 한다
"예, 자중하겠습니다"라는 말만 하고,
부끄러워서 얼른 끊었다

생각해 보니, 참 오랜 세월 세상과 멱살 잡고 싸워 온 게, 분명했다
그게 누군지도 모르고, 왜 그런 줄도 모르면서…

뺨을 몇 대 더 맞고 나면, 아랫니마저 빠질 게 끔찍하여
이제 그만 싸워야겠다고 생각했다

봄은
아 아갈 수도
가져올수도
없다

기다려도
기다리지
않아도
같다

질/윤 20. 3. 3

27

풀꽃에 내 인생을 묻다

지난달 네 고랑, 오늘 다섯 고랑
삽질, 괭이질로 천천히 흙을 파서 일굽니다
아직도 다섯 고랑이 더 남았습니다만,
힘에 부쳐 오늘은 고만할랍니다
팔공산 한구석에 햇살이 따뜻해
밭두렁에 퍼질러 앉아 쉽니다

잠시 바닥을 내려다보니
아 글쎄, 여기저기 온갖 자잘한 꽃들로 가득한데요,
세상이 송이송이 이렇게 많이도 피어나는 줄을 몰랐습니다
나는 내 인생도 구석구석 좀 그랬으면 했습니다

이름 없는 곳에서, 이름 없이 흔들리는 잡초도
가장 아름다운 한때가 있을 것 같아,
나는 그만 그것을 꺾어 보았습니다

열 장의 흰 이파리,
보일 듯 말 듯 맑게 서로 달라붙은 조각조각이
하나의 원圓이 된 꽃은, 세상을 그렇게 온통

원으로 장식해 댑니다

항상 그렇게 가장 아름다울 때도 모르면서,
피는 까닭도 모르면서
흔들리는 흰 자태만을 남기고
세상 그 어느 것과 눈맞춤도 없이
모두 저 언덕으로, 피안으로 떠나갑니다
그곳이 어디인 줄도 모르고, 가는 곳도 모르고
모두 흔들리며 떠나갑니다
밭두렁에 쪼그리고 앉아
오늘은 풀꽃에게 내 인생을 묻습니다
아니 차라리 내 인생을,
거기다 그냥 파묻고 있습니다

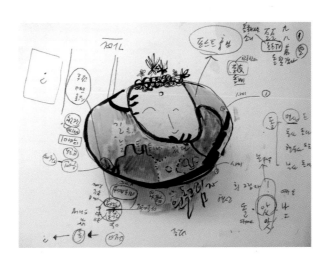

진짜 내 글씨 한 줄

진짜 내 글씨 한 줄
삐뚤삐뚤 써 댄다

해우소 변기에는
죽을힘 다해 피고
온 생명 다 바쳐서 지는
山, 山, 조각의 문자가
더러더러 있다

뜨뜻하게 허공을 머물다 가는,
무명풍
그런 헛소리
부모 미생 이전의 문자를
누구나 여기 오면
한 획 한 획, 애써 꺾어 댄다

진짜 목숨 걸고 새긴 글씨
그런 맹세는
내가 눈 똥오줌 속에서만

헛소리처럼
들어 있는 것이다

제2부

모르겠다

잘 모르겠다

흙을 파서 고운 이랑을 만들고
들깨 씨를 묻었다
이만하면 올해도 한 밭 가득 심으리라 확신하며
산을 내려왔다
그런데, 참 이상하다
열흘이 지나도 한 달이 다 되어도
싹은커녕 잡초만 무성했다
아무래도 새들이 다 먹어 치운 듯했다
허탈하여 며칠 밭가를 맴돌며
섭섭한 마음으로 새들이 날아간 하늘만 쳐다보았다
이맘쯤 푸른 들깨 싹들이 구름 고랑을 따라
푸릇푸릇 자라나겠지…,
언젠가는 들깨 알들이 주룩주룩 지상에 쏟아지겠지…,
새들이 키울 하늘의 밭 모습이 궁금해져, 나는
밤마다 하늘로 올라갔다
거기, 들깨 싹들은 보이지 않고
내가 버려둔 지상의 빈 밭고랑만 즐비했다
꿈이 더 괴로워, 할 수 없이
시장에 가 들깨 모종을 사서

장마가 시작된 날 다 심어 놓고 내려왔다
그동안 새들이 나를 얼마나 놀려 댔을까
한동안 얼굴을 가리고 고개를 폭 숙인 채
하늘을 쳐다보지 않았다
싹터 오지 않는 땅을 무작정 믿고 기다렸던 내가
무엇 때문에 그토록 정직했는지
나도 잘 모르겠다
그러면 안 되는 것일까
그것도 잘 모르겠다

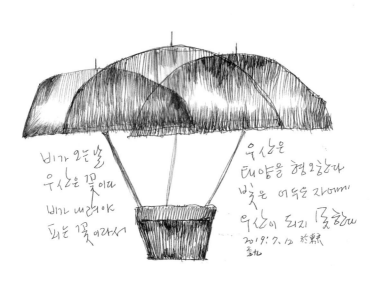

비가 오는날
우산은 꽃이다
비가 내려야
피는 꽃이라서

우산은
태양을 향하다
빛은 어두운 자여에
우산이 되지 못한다
2019. 7. 12 毘凜
혜지

뒤도 안 돌아보고 내렸다

창가의 봄은 자꾸 흔들렸다
암스테르담에서 체코의 프라하로 가는 5월
열차엔 붓다도 함께했다
아무 말씀도 없이, 물 한 모금도 안 드시고,
반쯤 뜬 눈으로,
시시각각 달라지는 바깥 풍경에
눈을 떼지 않았다
그런 무상無常 앞에, 햇살이 찾아들고,
드디어 종착역 표시판이 나타났다

"어디 가세요? 바쁘실 텐데…"

물어도 대답이 없다
나는 혼자 머쓱하여 포켓용 사전 뒷면에다 펜을 대고
가만히 흔들림 속에 생멸하는 내 마음을 따라나섰다
선線은 꾸불꾸불
있는 것과 없는 것을 가르고
말해야 할 것과 말하지 말아야 할 것을 나눈다
오로지 내가 여기 있음을

나더러 말하라 한다

"나처럼… 눈 떼지 마라, 무상 앞에서…. 너도 곧 종점이다"

붓다는 눈 뜬 채 열반에 드셨다
나는 차 속에 붓다를 남겨 둔 채
홀로 짐을 챙겨 뒤도 안 돌아보고 내렸다

해변에서

아… 글쎄
한마디 말한 적이 없고
말할 필요도 없고
다시 또 말할 것도 없는
그런 출렁임만으로
물결은 물결에게
단 한마디 하지 않았습니다
그래서 내겐 안 계셨으나
그토록 말 많고
진종일 쓰잘데없는 일만 하고 계신
해변엔
조개껍데기로
너즐브레합니다 그려

후 회

꽃도 말씀이고 말씀도 꽃이라
가을, 오어사 산길 끝
가만가만 꽃 따라 나가 봅니다
거기, 고요 속으로
개울이 흐릅니다
다들 무슨 재미로 사는가 싶어
살짝 발을 담가 봅니다
그저, 싸늘하기만 합디다
오싹해하며,
터벅터벅 걸어온 길을 되돌아봅니다
참 많은 날,
예쁜 꽃 한 송이, 따뜻한 말씀만 두루
잘 찾아다녔습니다
부끄럽게 단풍 들며
가슴속 서늘한 기운을 품고
왔던 길을
다시 돌아 내려갑니다

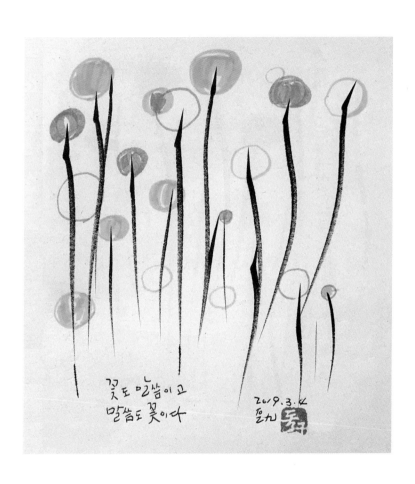

꽃도 말씀이고
말씀도 꽃이다

2019.3.4
오九

41

낙서 위에 비 내리니

사람은
고쳐 쓸 수
없단다

내리는 비도
가는 세월도
다 글씨라니
내 삶도 이렇게
꾸부렁 문드러진 채로
그냥 놔두련다 마

누가 써 놓고 갔는지
잘 모르겠으나
오늘 이 낙서 위에
다시 비 내리니,
그래도 쪼매 서럽다 아이가

사랑을
고처쓸수
있다면
돌은 고처쓸
없다.
2019.11.23

43

발밑을 보라

발밑을 보라,
수없이 머뭇거리다 간
침묵과 고독을, 그 허망을
보라
모두 헤어지고
등지고 있지 않느냐
그래야 새길로 나아갈 수 있노니,
가고 오지 않으면
꽃도 피고 지지 않는다
삶도 그렇다

발 밑을 보라, 수없이
머뭇거리다 간 침묵과
고독을, 그 허망을 보라

사월역沙月驛*을 지나며

꽃은 낙타가 되어
모래 위를 걷는다
죽기 전 부처를 찾아 서녘으로 간
당신을 태우고

히말라야 산정을 넘는
철새에 매달려
당신은 우수수 꽃처럼 지는데
모래를 비추는 달빛 위로
달빛이 지는데

이제 그만 돌아오세요
큰코다쳐요
부처를 버리고 그냥 오세요
어차피 꽃도 모래고, 부처도 모래잖아요
모래를 밟고 모래를 넘어오세요
이래도 한 송이, 저래도 한 송이
당신이 당신을 사랑해야 피는 꽃에게
백팔배, 삼천배를 하세요

오늘 막차를 타고
낙타가 사월역에 내린다
그리울수록 그리운 자가 자꾸 사라지는
사막 위를
당신이 당신을 찾아 걷는다

* 대구 수성구의 지하철역 이름.

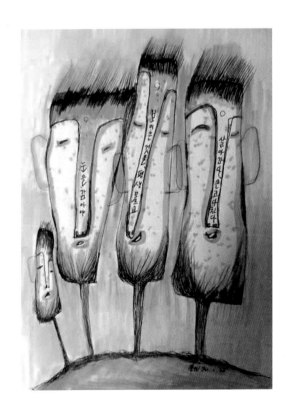

지옥에서 쫓겨난 어둠이 걸어간다

지옥에 동백이 피었습니다,
송이송이 지옥을
두 손 들고 찬송합니다
지옥에도 목련화가 집니다,
송이송이 지옥을
두 팔 걷고 내다 버립니다
봄이 끝나면 그곳으로 주소를 옮길까 합니다
땅값이 오르기 전, 집 한 채를 사서
지옥을 잘 지키겠습니다
설마 그곳에도 불성이 있겠지요
제가 출가를 하겠습니다
뒷산에다 절을 짓고, 철새에게 백팔배를 가르칠 겁니다
돌들에겐 목탁 치는 법을, 밭가로 흩날리는 비닐들을 끌어모아,
참선에 몰두토록 하겠습니다
이만하면 지옥도 불국토라 할 만하겠죠?
아, 그러면
저 극락이 설 자리는
또 어디인가요?

청도 운문사 내원암 가는 길에
도랑가로 내려가, 물고기 스님 세 분에게 묻는다
물속을 왔다 갔다, 금새 돌 밑으로 숨고
아무도 응대하지 않는다
불멸의 침묵이 물끄러미 쳐다보는데,
구름도 몸이 무거워 밑바닥으로 내려와 눕는다
지옥도 짐이고, 극락도 짐이란다
이제 그만 집으로 돌아가란다
들것에 실려 떠나는 생각을 본다
내 생전 한 번도 가 본 적 없는 길로
떠나가는 그림자를 보았다
삭발한 허망을 붙들고 우는 신발을 쳐다보았다
지옥에서 쫓겨난 어둠이 터벅터벅
천국으로 걸어간다

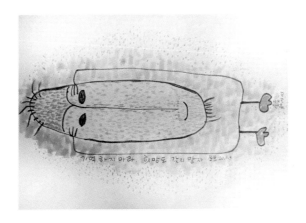

나 홀로 놀다가

꽃 피고
바람도 부니,
나도 홀로 떨어진다

사회적 거리를 두라 해서
사람 없는 곳으로 떠돌다
산기슭 밭고랑에서
고라니를 만났다

둘이 물끄러미 쳐다보다
전염병 옮길까 봐
서로 헤어져 내려온다

아, 부처님도 외로우실까
혼자 괜찮으실까

이런저런 생각을 해 봐도
되는 것 없고
날이 저문다
나도 혼자서 저물고 있다

제3부

연 등

마음에 연등을 달고

저 산을 잊어야만
저 산이 내 속에 있다 해서
그냥 길만 걷습니다

마음속에 등불이 있어야
등불을 단 것이고
마음속에 꽃이 피어야
꽃을 심은 것이라
조심스레 눈길을 가슴에다 묻고
산을 내려옵니다

등불을 쳐다만 보면
등불로부터 멀어지고
꽃을 바라만 보면
꽃으로부터 멀어진 것이라
나는 당신을 사랑하지 않습니다

사랑하면 할수록 나는
당신에게 버림받습니다

내가 당신을 사랑하지 않는 것은
당신과 내가
항상 평등하기 때문입니다

일면불 월면불 日面佛 月面佛

나 외로울 땐
해 보고 달 보고 살아왔듯
해도 달도 외로울 땐
부처 보고 사는 거라
생각했다

부처가 없다면
해가 부처고 달이 부처라고
생각했다

오늘따라 해도 달도 뜨지 않으니
천상천하 오직 어둠만이 고독히 존재하여
아, 나는 그 무명이라도 부여잡고
살아갈까 생각한다

일면불 월면불 日面佛 月面佛

해도 면불하고, 달도 면불하고
아니,

해님도 부처고, 달님도 부처
아니 아니,
모든 어둠마저도 다 부처

내가 그리워하는 것은

이곳에 계시지 않으므로
나는 오늘
당신을 만나러 갑니다

당신을 만날 수 없기에
영영 당신이 그립습니다

여기 계시지 않아
내 기도는 더 빛나고,
당신이 더욱 성스럽습니다

간절히 원해도
더 이상 만날 수 없기에
그리운 법이라면,
이제 꿈에서라도 부디
오지 말았으면 합니다

내가 그리워하는 것은
아마 이 지상에는 없는 것입니다

독도여래獨島如來

고독하지 않으면
돌이 될 수 없고
돌이 될 수 없으면
고독이 될 수 없을
동해東海에서
독존獨尊을 보았다

독도獨島에서
여래를 만났다

바위에 붙은
섬초롱불佛을,
괭이갈매기가 물어 가는
천상천하天上天下 유아독도唯我獨島를,

얼핏 틈새로 달아나던
홀로 말라비틀어진
고독을 만났다

天上天下唯我獨島 2020.8.3

獨島如來獨尊
2020.8.3 在

썼다가 지우고 지웠다가 쓰는

태풍은 또 올라오고 있는가
고요 속에 발을 숨기고
빙글빙글 놀이터를 돈다
아이들이 종일 모래 위에 그려 놓은
얼굴을 피해
내 맨발은 극락으로도 지옥으로도
아슬아슬하다

비 내리면 금세 지워질 그림 위로
개미도 기어오고, 비둘기도 날아들고
바람도 오고, 가을도 오니
여래如來도 온다
그린 그림을 지우고 아이들은 떠나고,
여름도 가고, 나도 갈 테니
여거如去도 간다

한번은 여래였다가
한번은 여거였다가
내 맨발은 고요 속에서
썼다가 지우고, 지웠다가 쓴다

그늘의 법석法席

따스한 남쪽은 잊어라
깜깜한 방구석에만 처박혀 있지 마라
마음속의 칼은 시퍼렇게 갈아 푸른 바다에 던져 버려라

붓다가 아난에게 묻는다
새벽은,
마음이 가장 어두운 자에게 먼저 온다고 생각하는가?
― 아닙니다 붓다여!

늦가을 산정에서 홀로 피는 꽃이
가장 아름답게 죽을 거라고 생각하는가?
― 아닙니다 붓다여!
제가 먼저 열반에 들면
더 이상 지상엔 아무도 없습니다
붓다께서는 산상산하유아독존山上山下唯我獨尊,
홀로 법석을 열어야 합니다
그러면 붓다께서는 무슨 말씀을 하시겠습니까?

조용히 뱃살이 늘어가듯

툭 삐져나온 영취산 밑으로 그늘이 쌓일 무렵,
뼈만 앙상한 붓다가 홀로 맨발로 걸어 내려온다

아난이 가고,
마지막으로 붓다가 떠나갔다
그늘이 홀로 어둠을 위해 법석을 연다

어느 하나 향기로운 집 한 채가 아니랴

가을걷이가 끝난 빈 밭고랑이
쪼그리고 앉았다
빼앗을 건 다 빼앗아
뿌리마저 뽑혀 말라비틀어진
세상의 바닥,
생애의 반은 잊혀지고,
그 나머지 반은 허전하다

그런 곳으로도 새들은
먹이 찾아 날아들고
간혹 비닐도 날려 와 허리를 쭈욱 펴고
너덜너덜 쉰다
땅의 한구석엔 고요가
국화꽃처럼 노랗게 피어 익어 가고,
가을 벌떼 윙윙대며 꿀을 퍼 날라
극락전을 짓는다
"수리수리 마하수리 수수리 사바하…"

그냥 막 살아온 것 같아도

어느 하나
향기로운 집 한 채가 아니랴

입은 닫고, 꽃잎은 열어라

겨울바람을 맞으며
계단에 앉아, 다시 『논어』를 읽는다

"학이시습지, 불역열호"
"배우고 때맞춰 익히면 또한 기쁘지 아니한가?"라고 해 봐도
배워서 별로 기쁜 게 없었잖아,

"유붕자원방래, 불역낙호"
"벗이 있어 먼 곳으로부터 오면 또한 즐겁지 아니한가?"라고 외쳐
봐도
아무도 내게로 온 적이 없잖아

"인부지이불온, 불역군자호"
"남들이 알아주지 않더라도 섭섭지 아니하면 또한 군자가 아닌가?"
라고 되뇌어 봐도
나는 여전히 속 좁은 소인이었을 뿐,

아, 대체 내 삶이 피울 수 있는 꽃은
몇 송이일까

지난밤, 눈 내릴 때
나는 알았다

빗방울이 모두 꽃이 되는 순간은
제로 이하의 언어로 가만히 입을 닫아야 한다는 것을
지상의 모든 문자가 꽃잎이 되려면
내가 그저 싸늘히 식어 가야만 한다는 것을
따스한 언어로 만날 수 없는 곳에
쉿! 무량 무량 꽃들이
방금, 열반에 들어 있다

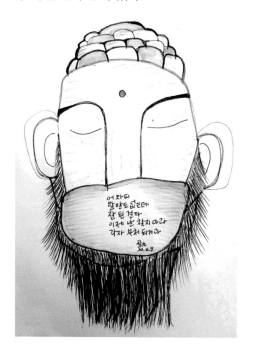

갈피마다, 시든, 꽃을 꺾다

양지바른 곳에 묻어 주리라
양말 속에 손을 넣고 꺼내듯,
더 은밀한 땅으로
개나리꽃, 할미꽃 피고
하늘보다 더 높은 곳에 진종일 서성이리라
저들이 다가올 창문은 얼룩덜룩
얼마나 아팠을까 내가 저들을 다 막고 있었구나
후미진 곳마다 창문이 있었고
내가 그곳보다 더 더러워졌기에
수십 년 그곳을 닦지도 못했다

신발보다 먼저
끈을 매던 발은
이제 푸른 달빛을 밟는다
내 노트는 이미 잠들었고
펜은 아무도 없는 고요로 떠났다
더 적을 것도 없다

고독은 세상을 너무 오래 살았고

슬픔보다 더 먼저 생을 마감하였다
내 잠은 더 이상
거친 번뇌 속에도 있지 않고
티끌에도 묻히지 않는다
그래서 썩지 않는다

나는 너를 버리고, 나를 얻었다
서른은 서른 너머에서 피고
마흔은 오십을 넘어야 익어 가더라
너를 미워하면서 나를 더 사랑하였기에
나는 늘 너를 남몰래 더 아파하였다

나 그때 강릉에 있었네

나 그때 강릉에 있었네
40년 전 여름
도라지꽃 푸르렀던 문수역을 지나
탈선한 완행열차에 발 묶였다가
강릉으로 잘도 달려갔네

집 나온 까만 점박이 여자 따라
노을 밑으로 나른히 접어들던
철로를 따라
강릉의 여름 끝
팔작지붕 오죽헌으로 떠났네

이글대던 망상에 그을리며
해안가를 따라
금강산으로 떠난, 짧고 푸른
상처 한 구절에 고개 숙였네

소리개가 나는 하늘, 물고기가 뛰는 땅에도
번뇌가 있는가

가출한 한 청년이
출가의 뜻을 묻고 있었네

푸른 바위 곁
긴 숲에 홀로 서 있는 기록
글자의 균열마다 드나드는 파도를 바라보며
나 그때 강릉에 있었네

먼먼 해안으로 이어지던 빗소리에 누워
까막 점박이 여래의 손을 잡고
나는 울면서
두 줄 반씩, 바다를 읽으며 내려왔네

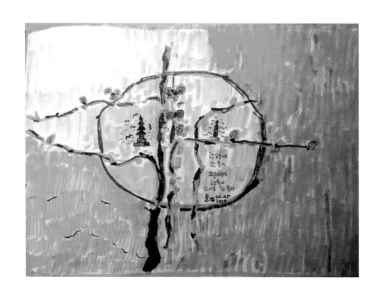

제4부

해바라기

해바라기가 보고 싶어 언덕으로 간다

꼬깃꼬깃한 봄 너머에, 비가 내린다

언덕 너머 산 너머 구름 너머에도
비는 내린다
푸른 염소 한 마리 뛰어가는 섬, 파도 너머
모래밭 너머 칠레의 전통춤 쿠에카 의상 아래에도
흔들리는 무릎과 추억과 박수 사이에서도, 봄은 돌아 오고 비는 내린다
그대 어깨를 덮은 우산 아래로, 구두 너머로, 꼬깃꼬깃한 지폐에서
도 봄 너머에
비는 꽃이 되어 또다시 내린다
한 이파리 두 이파리 쌓였다가 떠난 항구의 계단에도
늙음과 청춘의 사이에서도
그물에서 빠져나와 달아난 고기의 눈동자에도
철망을 뛰어넘은 노루의 발바닥에서도
비는 비를 쓰다듬으며 러브샷을 하면서 또 내린다
떠돌던 그림자와 맥주병과 부유물 가득한 바다와 남극의 펭귄과 빙
하 너머에도
꽃은 내린다 비처럼 비에 젖어 꽃이 핀다
내가 하다 만 숙제, 깨알 같은 기억 속에서도

많고 많은 기념관들의 안내 데스크에서도, 휘날리는 깃발 너머에서도
늙은 사내들의 불알에서도 축 처진 나뭇가지의 말라비틀어진 고독
속에서도
새벽으로 향하는 기차 건널목에서도, 그대 차표에 뚫린 구멍에서도
비 내리는 날의 커피숍에서도, 비는 축축한 꽃들의 젖꼭지를 빨며
자라나
산을 넘고 강을 건너, 그리운 고향을 찾아서 간다
너는 더 이상 나를 꼬시지 마라
너는 더 이상 내 곁에 맴돌지 마라
돌아가거라
이 땅에는 젖은 것들이 너무 많아, 말려야 할 시간이 턱없이 부족한 내 글
내가 미워한 지난겨울의 추위에서,
아득한 내 꿈속으로
너는 나를 아는 척하지 마라
내가 무슨 말을 하더라도 대꾸하지 말 것이다
꼬깃꼬깃한 봄 너머에도, 비는 저들의 그리움 너머에서
비빔밥 한 그릇 시켜 놓고
지쳐 버린 생애를 돌아본다
모든 것은 그저 가만히 스스로의 위로 속에서
바지 속에 손을 넣으며 무언가를 자꾸 만지려 든다
아득한 곳에 내 손은 닿고
달콤했을지라도 가져올 수 없는 모든 땅끝으로
비는 내리고 봄은 온다

반가사유상

검고 푸른 별들이 다 갉아먹은 1,000년 전의 내 옷을
빨아 넌다
단추가 다 떨어진 내 앞가림의 창문으로 당신은 계시는데
당신 계신 곳으로 해는 지고 달은 뜨는데
아무리 강물이 흘러도 바람 불어도 그대 흔들리는 곳에
나는 닿지 못한다
흙수저가 녹아내리는 강가, 더 이상 나는 내 삶을 제대로 가눌 수가
없는데
그대 무덤 속으로 붉은 머리카락 자라도록 기다리며
염소 한 마리 창가에 묶어 둔다
해바라기는 자라 끝없이 시를 쓴다
할 일도 어지간히 없으면, 나는 맨바닥에 글을 쓰며 헤맨다

치킨집 아이는 공자에게 묻는다
"서른에 그대 홀로 우뚝 섰다고 하셨는데
그게 뭐가 섰다는 뜻인지요? 왜 나는 허공 속에서 당신을 만나야만
하는지요?"

말이 없는 공자에게 쏟아붓는다

"차라리 당신이 나에게 여래를 낳아 주세요

굽은 다리 한 짝 들고 나는 당신 곁에서 가만히 은모래 날리는 강가를 찾으렵니다

발 냄새 풀풀 나는 당신의 신발 한 짝을 껴안고

달마가 떠난 페르시아로, 인도로, 외발로 걸어가렵니다

조각조각 비늘지다 흰 길들이 끊깁니다.

푸른 염소가 여래의 속옷을 다 뜯어먹고 메헤헤헤 메헤헤헤 울며 당신 앞으로 다가가

손바닥만 한 장부에 외상을 달아 두었습니다

돈은 없고 그냥 노래나 한 곡 부르겠습니다… 꾸욱꾸욱 물수리는 강 섬에서 울고요…, 기럭기럭 기러기 논에서 울지요… 아, 애닳습니다"

공자가 염소에게 수염을 깎아 주며 말한다

"아, 여래는 찻값도 계산할 줄 모르고, 강물에 떨어진 신발만 벗어 던집니다.

시속 56억 7천만 광년의 속도로, 차를 몰고 갈 겁니다, 머나먼 길

붉고 흰 달이 뜨면 선한 당신의 언덕에 악한 가르침 지천으로 심어 두고 갈 겁니다."

꿈에 문을 연다, 문밖에서 누가 가만히 일러 주고 있다

"개망초 핀 수수밭가로… 얄리 얄리 얄라성 얄라리 얄라…

국어책을 펴놓고 읽고 또 읽으며, 불국토를 건너 건너, 마음속 깊이

조금만 더 다가오십시오

사랑합니다 고객님… 썸 타는 날 차 한 잔해요

다 말라 버린 죄의 얼룩을, 참회의 목록들을 갈기갈기 태우는 밭가, 시들어 버린 여래에게

더 이상 생리가 없을 여래에게 자꾸 묻지 마십시오… 제발 그만 물으십시오

서른에 진정 그대는 우뚝 서셨는지

그분은 설 것도 내려앉을 것도 없는, 영광의 저 평지에 서 계시는 분은 아닌지…

아, 따지고 보니, 지평선입니다.

아, 글쎄 삼대아승지겁 사막을 맨발로 건너는 당신을 오늘 또 만나면 어떻겠습니까?

그만하십시오, 그만하세요!

불국토를 지나면 다시 저 불타는 국토가 시뻘겋게 불바다로 이어지겠지요… 제발 이제 돌아오지 마십시오… 다시는 오지 마십시오

아, 됐거든요!"

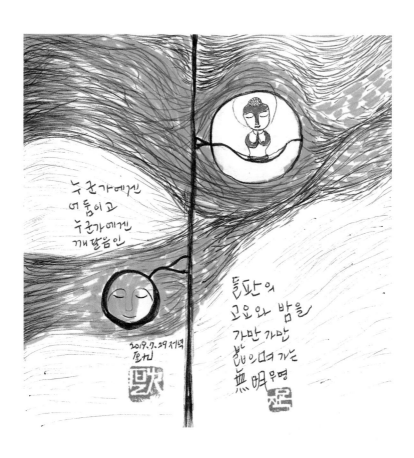

누군가에겐
어둠이고
누군가에겐
깨달음인

들판의
고요와 밤을
가만 가만
밝으며 가는
無明 무명

2019.7.29 저녁
율곡

그 남자의 혀

— 함성호 형에게

발끝에 힘을 주고
허리를 껴안고
세상의 모든 피라미들을 불러들여
낙엽 떨굴 때
아직도 내 입속에 남아 있는 그 가을은 허물허물

나는 보았네 파르르 떨며 저무는
그림자를
가끔 타오르며 휘청거리는 불안한 눈동자를,
노을빛을

나는 아직 잘 모르겠네
그 남자의 혀, 내 목구멍 깊이 처박혀 헛바퀴 구르던
깊이만큼 맞물려 나는
슬쩍 비키지도 못하고 짓눌렸네
아, 난리부르스에 한 세월 가리지 못하던 천정이며
치마며,
젖가슴이여

내 입술을 처음 부수고 지나가던 혀는 그 어디쯤 누구 입속에서 나
를 다시 만나
하염없이 떠나가는 것일 줄이야

꿈에 만난 노자老子

"맛없는 것을 먹어라!"
"맛있는 것엔 반드시 무언가가 많이 들어가 있단다!"
TV를 보다가 우연히 들었다.
음식 잘하는 어느 종가 할머니가
며느리와 손녀에게 하는 말…

그날 밤
나는 꿈에
노자를 만났다
짜장면을 먹다가 노자는 강물에 떠밀리며, 몇 번이고 여자들과 헤어
지지 않으려 문자를 주고받는데
그 창가, 조용했다 나비 몇 마리,

만리장성을 넘어 몽골을 덮친 황사에 젖을 빨며, 돋아난
개나리 꽃밭 앞에서 노자는 졸면서
울었다
한 여자가 나를 달랜다
그러자 또 노자가 울었다
노자가 나를 달랜다 그러자 또 한 여자가 더 울었다

어딘지 수상하다 머리맡에 분명 대봉감 두 개 혹은 세 개였는데,
누가 먹었을까
아무도 울고 싶지 않았는데
노자가 울었다고 그걸 훔쳐 먹었다고 해서는 안 된다

내가 노자를 달랬다, 가자고 집으로 이제 돌아가자고… 술 그만 마
시고
고집도 참 세다 늦은 밤,
엄마는 혼자 고향을 지키고 계셨다
나는 북경의 어느 술집에서 절강성 항주로 가고 싶었지만
짐을 챙겨서 맨발로 길 떠나는 노자를 따라
사막으로 간다
"맛없는 것을 먹어라!" 했으니,
노자는 며칠을 더 굶기로 한다
터벅터벅 눈동자여, 가만히 글을 읽는 모래여!
낙타가 가는 길은 가거나 말거나
삼만리 이상이다

꽃잎의 눈동자

지는 꽃잎이 몇 겹,
지고 있었다
가만히 쳐다보노라면 까닭도 없이
그냥 졸음에 겨운 듯,
지고 있었다
지는 까닭도 모르고
지옥과 천국, 그 어디에서도 누울 수 없듯
아무것도 바라지 않는 고요 사이에 서지도 앉지도 못하고
몇 겹을,
지고 있었다 까닭도 없이
십만 억 정토를 밟고 지나서 닿을, 극락… 극락… 불타는 극락
그 수많은 졸음이 고요 속에서 눈을 감으면
꽃잎 밖으로 꽃들이 하나 둘씩
떼 지어 걸어 나가고 있었다

균형 잡힌 비극

몇 년 전
잘 모르겠다

술이 혼자 술을 마시고 있다
막걸리가 막걸리에게 막걸리를 권하는데
파리 떼 윙윙대는 인터넷 화면이 쓰윽
제 앞가슴을 드러낸다
"안주에요!"

[미디어오늘] "천안함 프로펠러, 좌초된 포트로얄호와 비슷"
[경향신문] 한·미, 오늘부터 연합훈련 돌입… 北 "보복성전 다짐"
[세계일보] 여친母 살해 후 "마지막으로 밥해 달라" … '뒤틀린 사랑'의 끝
[동아일보] ARF 의장성명 채택 "천안함 침몰 깊은 우려… 안보리 의장성명 지지"
[한국일보] '미스코리아 MC' 김수로·김사랑 "진짜 미인은…"
[내일신문] 야당·친박·소장파 일제히 사찰 의혹 제기… 내 편 아니면 다 뒤지기

아, 지독히 지겹고, 고독한 하루
이제 내겐 생리生理가 없다

그래서 하는 말인데,

내가 너의 손님을 낳을 수 없고
너는 나의 할아버지를 더 이상 낳을 수 없다!

이쯤 되면 세월은 저 혼자 난간에 앉아
술이나 마시고 담배나 피워야 할 터,

알고 보면 우리에겐 금연·금주 구역이 없지
맞고 말고

담배가 담배에게, 술이 술에게
서로 이별하며 말한다

"무량無量, 무량 피고, 마시소서
술이 관세음觀世音하고
담배가 관세음하는 법"

나무아미타불

성聖 비극

지상에서 가장 아름다운 비극이 한 잎 두 잎 지고 있었다

이태리포플러만 자라는 거리에서
나는 결코 나를 사랑하지 못했네
누구의 이름으로도
어떤 암호로도 나를 심연 속에 가두지 못했네

네덜란드 운하 옆 식물원 유리 어항 벽에 붙어
쉴 틈 없이
유리를 핥아 대는 고기,
무슨 말을 적어 놓고 싶었던 걸까

입이 어찌나 큰지
아귀여, 아귀여
다방 마담이여…
한동안 나는 내 말이 무슨 뜻인지 통 알아먹지를 못했다
차라리 내가 내 필체를 몰라보는 날, 그런 아수라장을 둘러보고는
얼른 혼인 서약을 해야지
독립선언 말이다

청정한 유리 뒤에 몸을 숨기고
물에다 물을 써 대는 투명한 잎들, 수런수런 꼬리를 흔들며 회오리
칠 청춘 더 이상
서지도 앉지도 못한 채로
만세! 만만세!

이제 꽃을 쳐다보지 마라

꽃을 쳐다봐도 꽃을 왜 아름답다 하는지 알 길이 없다
꽃잎… 수술… 벌들… 흩어지고 떨어지는 이파리들… 지저분한 주
변을…
이것저것 다 떼 버리고 나면 남는 것은 내 생각만 고요히 남아 아름
다운가
내 생각에 붙은 눈동자, 그 따귀를… 한 대 후려갈겨라!
내 머리 속에 남은 말의 머리… 말 대가리 화두話頭를
아니 말의 꼬리 화미話尾를, 그 아랫도리를,
눈동자 속으로 끌어들인다

저 어느 나라
바나나 항구에서
이름 없는 바나나를 실어 나르던 항구*에서
바나나가 배를 실어 나르는데, 한 껍질 벗기면 흰 살결의 보드라운
바다에게
배는 바나나를 먹인다

빨간 옷을 입고 배꼽을 내놓고 춤을 추던 계집아이들이
그때 노을을 가지고 놀았다 치자, 그래도 그곳은

노을이 아니더라, 노을은 영영 항구가 아니더라

* 대만 까오슝의 '바나나항구'

학문은 항문이다

이날 평생 배운다고
난리부루스였으나
누구는 천날만날
깨달음 깨달음 하며 지랄 떨었으나

저
무덤으로
걸어가는 진리만큼
분명한 건 없더라

통영 사는 한 친구는
늘
학문은 항문이라 하는데
나는
항문을 보며 학문을 생각한다
다 버려야 사는 항문처럼
밑 닦는 휴지처럼

무슨 벼슬도 아니고

펜대 잡은 폭력배 소인배일 뿐인데
그게 무슨 권력도 아닌데

지식이 똥인 줄 안다면
학문은 항문이라
똥 만드는 공장이니
하루빨리 분뇨 처리 노동자를 그만두고

나대로 너답게
살다가 죽어야지
그러다 저 무덤으로 가자
저곳이 스승이고
저분이 학교장이다

불교적 관점에서 본 최재목 시인의 시 세계
— 『나는 나대로 살았다 어쩔래』를 읽고

조병활(성철사상연구원장)

"말 가운데 말이 있으면 죽은 말이며, 말 속에 말이 없으면 살아 있는 말이다(語中有語, 即是死句; 語中無語, 則是活句)."[1] 사람들은 대개 '말 가운데 말이 없는 말(活句)'을 이해하지 못하고 좋아하지 않는다. 말 속에 말이 있는 말, 즉 '죽은 말(死句)'을 '숭배'한다. 사실 말(문자) 은 인간들이 만들어 낸 도구에 불과하다. '대지의 본 모습(本地風光)' 을 말과 문자가 설명해 줄 수 없다. 말을 파고들수록 의미는 점점 미 끄러진다. 결국 말에는 아무것도 남지 않는다.

---

1) 북송(960~1127)의 혜홍각범慧洪覺範(1071~1127)이 쓴 『임간록林間錄』권상 「동산수초어록洞山守初語錄」조에 있는 말이다. 원문은 "말 가운데 말이 있는 것 을 사구라 부르며, 말 가운데 말이 없는 것을 활구라 한다(語中有語, 名為死句; 語中無語, 名為活句)."이다. 백련선서간행회, 『임간록』(상), 합천: 장경각, 1989, p.81.

그래도 사람들은 말과 문자에 집착한다. 말과 행동이 일치하는지는 제대로 살피지 않는다. 평생 말과 문자에만 매달리는 이들도 있다. "덕이 있는 사람은 반드시 그에 맞는 말이 있지만, 말이 있는 사람이 반드시 덕이 있는 것은 아니다(有德者, 必有言; 有言者, 不必有德)."는 구절은 그냥 『논어論語』「헌문憲問」편에 나오는 격언일 뿐이다. "의미를 체득했으면 말을 잊어라."는 '득의망언得意忘言' 역시 『장자莊子』「외물外物」편에 있는 성어成語일 따름이다. 결국 『대승입능가경』 권제5 「제6 찰나품」과 『능엄경』 권제2에 있는 다음의 구절들이 중요하다.

1) "어리석은 이에게 달을 가리키면 손가락만 보고 달은 보지 않듯이, 문자에 집착하는 이는 붓다의 진실을 보지 못한다(如愚見指月, 觀指不觀月; 計著文字者, 不見我真實)."

2) "어떤 사람이 손가락으로 다른 사람에게 달을 가리켜 보이면, 그 사람은 마땅히 손가락이 가리키는 달을 보아야 한다. 만약 손가락을 보며 달이라고 여기면 이 사람은 달만 잃어버리는 것이 아니라 손가락마저 잃어버린다. 왜 그런가? 가리키는 손가락을 밝은 달로 여기기 때문이다. 어찌 손가락만 잃을 뿐이겠는가! 밝음과 어둠마저 알지 못한다. 왜 그런가? 손가락을 달의 밝은 본성으로 여겨 밝음과 어둠의 두 본성을 이해하지 못하기 때문이다(如人以手指示人, 彼人因指當應看月; 若復觀指以為月體, 此人豈唯亡失月輪, 亦亡其指. 何以故? 以所標指為明月故. 豈唯亡指, 亦復不識明之與暗. 何以故? 即以指體為月明性, 明暗二性無所了故)."

손가락을 달로 여기면 달과 손가락 모두를, 나아가 밝음과 어둠 자체도 잃어버린다고 강조해 놓았다. 물론 평범한 사람들이 '달'과 '손가락'을 구분하기는 쉽지 않다. 게다가 평범한 사람의 손가락이 달을 가리키는 일은 거의 없다. 설사 가리켜도 그 손가락을 따라가는 사람도 매우 드물다. 달을 가리키는 손가락이 유명한 사람의 그 것이라면 사정은 달라진다. 유명한 사람의 손가락은 달 못지않게 중요하므로 사람들이 달과 그 손가락을 구분하기 어려울 수 있다. 손가락에 매달려 달을 놓칠 가능성도 높아진다.

이런 딜레마를 해결하기 위해, 달과 손가락 모두를 살리기 위해 시詩가 탄생됐는지 모른다. 은유적이고 압축적인 언어로 표현된 '시'는 달도 아니고 손가락도 아니다. '달과 손가락 사이(月指之間)'[2]에 있는 그 무엇이다. 시를 통해, 달을 보고 손가락을 손가락으로 인식한다면 성공적이다. 그런 시는 훌륭하다. 혜홍각범慧洪覺範(1071~1127)이 『석문문자선石門文字禪』 권제25 「제량화상전題讓和尙傳」에서 밝힌 견해는 바로 이 점을 지적한 것이다.

> 3) "마음의 깨달음을 언어로 전달할 수는 없지만 언어로 드러낼 수는 있다. 언어라는 것은 마음과 관련된 것이고, 깨달음의 표시이다. 표시를 살피면 마음이 (깨달음에)[3] 계합한다. 때문에

---

2) 최재목 시인은 '달과 손가락 사이'라는 제목으로 제72호(2019년 4월호)부터 제92호(2020년 12월호)까지의 『고경古鏡』에 시와 그림을 연재했고, 연재된 시와 그림을 중심으로 엮은 것이 이 시화집이다. '달과 손가락 사이'는 『능엄경』의 말씀에서 착안된 것이며, 『고경』은 성철사상연구원이 발행하는 월간지이다.

3) ( )는 원문엔 없으나 독자의 이해를 돕기 위해 필자가 넣은 것을 의미하며, 이 글에 있는 모든 방점은 시인이 아닌 필자가 찍은 것이다. 이하 동일.

수행자는 체득한 깨달음의 깊음·얕음의 징후(기준)를 매번 (사용하는) 언어로 파악한다(心之妙, 不可以語言傳, 而可以語言見. 蓋語言者, 心之緣·道之標幟也. 標幟審則心契, 故學者每以語言爲得道深淺之候)."4)

사용하는 언어를 보면 깨달음의 깊이를 알 수 있다는 것이다. 결국 언어는 중요한 물건이다. 말 속에 말이 있는 말이 귀중한 것이 아니고, 말 속에 말이 없는 말이 귀중하다. 말 속에 말이 없는 말은 어떤 말인가? 논리적이고 분석적인 말로 설명한 말이 말 속에 말이 있는 말이다. 이것은 죽은 말이다. 왜? '진리 그 자체'는 분석과 분별을 벗어난 곳에 있기 때문이다. 말 속에 말이 있는 말, 즉 '의미 있는 말(有義語)'은 독자를 '의미 있는 그곳'에만 멈추게 한다. 논리와 구조 그리고 단어에 집착하게 만든다. 반면 말 속에 말이 없는 말, 즉 '의미 없는 말(無義語)'은 무한히 넓은 세계를 독자에게 준다. 언어와 논리에 대한 '좁은 집착'에서 벗어나게 한다. '지혜의 눈(慧眼)'을 선사한다. 시가 하는 역할이 바로 이것이다. 최재목 시인의 시 「이제 그만 싸우자」가 이를 극명하게 보여 준다.

흔들리다 결국 금이 가 버린 윗니를 뽑고 와서,
우울하게 누워 있었다
하나 둘, 비어 가는 치아가 좀 서러웠다

어쩌면 내 삶도, 그렇게 차츰 이빨이 빠져나가

---

4) 『嘉興大藏經』 第23冊, 臺北:新文豊出版社 影印本, 1987, p.700a.

가벼워지고 있었다

아는 분한테 전화가 걸려 와서, "이를 뽑고 누워 있다"고 하니,
대뜸 하는 소리가 "누구하고 싸웠습니까? 이제 세상과 너무 싸
우지 마세요"라고 한다
"예, 자중하겠습니다"라는 말만 하고,
부끄러워서 얼른 끊었다

생각해 보니, 참 오랜 세월 세상과 먹살 잡고 싸워 온 게, 분명
했다
그게 누군지도 모르고, 왜 그런 줄도 모르면서…

뺨을 몇 대 더 맞고 나면, 아랫니마저 빠질 게 끔찍하여
이제 그만 싸워야겠다고 생각했다
— 「이제 그만 싸우자」 전문

 시인은 "오랜 세월 해 왔던" 싸움 때문에 이빨이 상했다. 뭐 그럴 수
있다. 살다 보면 화나고 속상하는 일이 어디 한두 건인가! 한 번은
성질대로 싸웠다. 그러다 이빨이 상했다. 보통 사람은 일상의 이런
일을 시간이 지나면 잊어버린다. 그리곤 또 술 마시고 화내고 싸운
다. 다음에 싸움 나면 몇 대 더 때려야지라고 생각한다. 친구들에게
자랑도 할 것이다. "그래야 내가 험난한 현실에서 살아갈 수 있다."고
합리화한다.

그런데 시인은 '싸움'이라는 '일상의 현상'에서 차원이 다른 진리를 발견한다. 어떤 사람이 "대뜸" 말하는 전화를 받고 부끄러워하며 "곧바로" 각성한다. 물론 "뺨을 몇 대 더 맞고 나면, 아랫니마저 빠질 게 끔찍"하기 때문이기도 하다. 시가 말하는 싸움은 치고받는 물리적인 싸움만 '가리키는 것'은 아닐 것이다. 가리키는 방향으로 따라가면 또 다른 달, 즉 정신적인 싸움도 나타나고 이런저런 고뇌와 번뇌도 등장할 것이다.

그러나 "오랜 세월 세상과 멱살 잡고 싸워 온" 이 싸움은 시인이 결코 이길 수 없는 게임이다. 흐르는 세월을 누가 이길 수 있나! 시간이 흐르면 튼튼하던 이빨이 하나 둘 흔들리고 빠진다. 임플란트 해 넣어도 마찬가지다. '세월과의 싸움'에 이길 장사는 없다. 시인은 어느 순간 이 사실을 깨닫는다. '모든 존재는 변하기 마련이다'는 '제행무상諸行無常'의 도리를 "윗니 아랫니" 때문에 '순식간에 문득 깨닫는다(頓悟)'. 그리곤 싸움을 그만하겠다고 다짐한다. 제행무상의 이치를 터득하는 과정이 맛깔스럽게 표현되어 있다. 싸움·전화·이빨 등 흔히 듣는 '평범하고 의미 없는' 말들을 사용했다. 의미 없는 말들로 '말 속에 말이 없는 깨달음'을 은유적이고 압축적으로 표현했다. 그래서 시 전체가 '활구活句'가 됐다. 참구參究하면 누구나 깨달을 수 있는 '도구'인 '화두話頭'로 승화됐다. 시가 질적으로 변한 것이다.

'의미 없는 말(無義語)'을 사용해 시를 '활구'로 만드는 기법은 곳곳에 보인다. "저/ 무덤으로/ 걸어가는 진리만큼/ 분명한 건 없더라/ … 나대로 너답게/ 살다가 죽어야지/ 그러다 저 무덤으로 가자/ 저

곳이 스승이고/ 처분이 학교장이다"(「학문은 항문이다」); "나처럼…
눈 떼지 마라, 무상 앞에서…. 너도 곧 종점이다"(「뒤도 안 돌아보고 내
렸다」) 등등. 그렇다고 시인이 죽음 앞에 주눅 들거나 삶에 자존감이
없는 것은 결코 아니다. 열심히 살았다고 자부한다. 「나는 나대로
살았다 어쩔래」가 대표적이다.

나는 나대로 살았다
어쩌라고
너는 너대로 살았잖아
그런데 어쩌라고

너는 너대로
나는 나대로
훨씬 좋잖아
그런데 왜 자꾸 나더러
너처럼 살라 하는데
그래서 어쩌라고

한 번쯤은 막 나가는 삶을
회오리바람처럼
휘몰아치는 삶을
너는 너처럼
나는 나처럼 살자

그래도 된다고
그렇게 말해야 옳잖아

나는 나대로 살았다
어쩔래 네 멱살을 잡으며
그렇게 말하고 싶다
너도 나처럼 그렇게 말해도 돼

좋잖아
그게 좋잖아
한 대 때려 봐 그래도 돼
너는 너처럼
나는 나처럼 살 수 있다면
한 대 맞아도 돼
버림받아도 돼
어쩔래
그래 어쩌라고

　　　　　　　　　　— 「나는 나대로 살았다 어쩔래」 전문

　현실·번뇌·고뇌·생활 등이 가하는 다양한 압력에 당당하게 대드는
시인의 모습이 팔딱거리며 다가온다. "자꾸 간섭하지 마, 당신은 당
신대로, 나는 나대로 살았다. 그게 좋잖아!"라며 각종 압력에 주눅
들지 않고 대든다. 그래서 심지어 "나도 나처럼 살 수 있다면/ 한 대

맞아도 돼"라고 소리 지른다. 물론 한 때는 "어쩔래!"가 말에 그치고 말았다. "나는 나대로 살았다/ 어쩔래 네 멱살을 잡고/ 그렇게 말하고 싶다"고 속으로만 외쳤다.

결국에는 "나는 나처럼 살 수 있다면/ 한 대 맞아도 돼/ 버림받아도 돼/ 어쩔래/ 그래 어쩌라고"라며 기어이 독립한다. 천상천하의 모든 것이 귀하지만 시인 자신도 귀한 존재임을 설파한다. 시인 자신만 귀한 것은 아니다. "너는 너대로 살았잖아", "너는 너처럼" 등 상대방의 존재도 쿨하게 인정한다. '어쩔래'라는 무색무취의 단어를 적절하게 배치해 '내 인생의 주인으로 살아 왔다'는 소회所懷를 드러낸다.

"어쩔래!"라며 "이빨 빠질" 정도로 달려드는 현실의 여러 압력에 대항하며 열심히 산 시인은 그런 삶 속에서 진리를 터득한다. 제행무상의 진리만 인식한 것은 아니다. 제행무상은 삶과 죽음을 경험하고 이해할 나이가 되면 누구나 알 수 있다. "모든 것은 변하고 사라질 수밖에 없는" 제행무상에서 질적으로 차원이 다른 '진리'로 시인은 나아간다. 제행무상 속에 자리 잡은 진리, 소멸될 수밖에 없는 모든 현상이나 존재가 사라지며 보여 주는 진리, 바로 '존재 자체가 내포하고 있는 가치'를 깊이 증득證得한다. 「어느 하나 향기로운 집 한 채가 아니랴」는 시에서다.

가을걷이가 끝난 빈 밭고랑이
쪼그리고 앉았다
빼앗을 건 다 빼앗아

뿌리마저 뽑혀 말라비틀어진
세상의 바닥,
생애의 반은 잊혀지고,
그 나머지 반은 허전하다

그런 곳으로도 새들은
먹이 찾아 날아들고
간혹 비닐도 날려 와 허리를 쭈욱 펴고
너덜너덜 쉰다
땅의 한구석엔 고요가
국화꽃처럼 노랗게 피어 익어 가고,
가을 벌떼 윙윙대며 꿀을 퍼 날라
극락전을 짓는다
"수리수리 마하수리 수수리 사바하…"

그냥 막 살아온 것 같아도
어느 하나
향기로운 집 한 채가 아니랴
        —「어느 하나 향기로운 집 한 채가 아니랴」 전문

"뿌리마저 뽑혀 말라비틀어진 세상의 바닥"에 발붙이고 사는 시
인의 생애는 "반은 잊혀지고, 그 나머지 반은 허전하다." 반은 잊혀
지고, 반은 허전한 생애는 아무것도 아닌 생애다. 그런 생애의 바닥

106

에 새·비닐·국화꽃·가을벌떼 들이 날아와 어울려 산다. 다른 존재를 해코지하거나 괴롭히지 않고, 자기가 필요한 것을 바닥에서 찾으며 살아간다. 낡아 빠진 비닐마저 간혹 허리를 펴고 자신을 자랑한다. 벌들은 '진언眞言'을 소리 높여 외우며 극락전을 짓는다. 벌들이 내는 "윙윙" 소리는 '입으로 지은 나쁜 업業'을 씻어 내는 "정구업진언 淨口業眞言"이다. 구업口業을 깨끗이 하며 극락전을 짓는다. 벌들은 그렇게 가을 동안 공덕을 쌓아 겨울에 대비하고, 자신과 후대들이 먹을 꿀을 열심히 모은다. 꿀을 모으는 것이 극락전을 건립하는 불사佛事다. 결국 시인은 그런 현상 속에서 "그냥 막 살아온 것 같아도 / 어느 하나/ 향기로운 집 한 채가 아니랴"며 뛰어난 '승의의 진리 (勝義諦)'를 체득한다. 시인은 빈 밭고랑에 쪼그리고 앉아 제행무상을 넘어선 승의제를 몸으로 깨닫는다. "그냥 막 살아온 것 같은 인생" 도 실은 '진리의 현현顯現'임을, 모든 존재는 그 자체로 의미 있음을 증득한다.

그래서 시인도 점차 원만한 인격을 가진 존재로 변한다. 「독도여래」, 「진짜 내 글씨 한 줄」, 「발밑을 보라」, 「지옥에서 쫓겨난 어둠이 걸어간다」, 「일면불 월면불」, 「학문은 항문이다」 등이 그런 과정을 노래한 시들이라 생각된다.

고독하지 않으면
돌이 될 수 없고
돌이 될 수 없으면
고독이 될 수 없음을

동해東海에서
독존獨尊을 보았다

독도獨島에서
여래를 만났다

바위에 붙은
섬초롱불佛을,
괭이갈매기가 물어 가는
천상천하天上天下 유아독도唯我獨島를,

얼핏 틈새로 달아나던
홀로 말라비틀어진
고독을 만났다

—「독도여래獨島如來」전문

발밑을 보라,
수없이 머뭇거리다 간
침묵과 고독함을, 그 허망을
보라
모두 헤어지고
등지고 있지 않느냐
그래야 새 길로 나아갈 수 있으니,

가고 오지 않으면
꽃도 피고 지지 않는다
삶도 그렇다

— 「발밑을 보라」 전문

   시인은 "말라비틀어진" 고독에 싸인 독도에서 여래를 만났다. 여래는 그 고독 속에 있고, 고독한 돌 속에 있다. 탐욕·성냄·어리석음 등 '세 가지 독(三毒)'과 완전히 절연한 고독 속에서 독도는 여래가 되었다. 그래서 독도의 바위에 붙은 섬초롱(꽃)도 불佛이 되었다. 갈매기가 물어 가도 흔들림 없는 "유아독도"가 되었다. 그러나 뭔가 미진하다. 고독만으로 깨달을 수 있을까? 시인도 이를 의식한 듯 "침묵과 고독함을, 그 허망을/ 보라/ 모두 헤어지고/ 등지고 있지 않느냐"고 외친다. 침묵과 고독 나아가 허망까지도 다 벗어던져야만 새 길로 나아갈 수 있다.

   그러나 가기만 하고 오지 않으면 '깨달음의 꽃'은 피지 않는다. 꽃을 피우려면 돌아와야 된다. 침묵·고독·허망에서 벗어나되 다시 그 속에 들어가 그들과 하나가 되어야 참다운 꽃이 핀다. 다시 '시장에 들어가 중생들에게 자비의 손길을 내 뻗어야(入鄽垂手)' 진정한 깨달음이다. 오지 않으면 삶도 피지 않는다. 그래서 "하루 종일/ 그렇게 오실 것만 생각하고, 그렇게 가실 것을 알지 못해/ 여래如來와 여거如去/ 두 분의 부처를 업고/ 나는, 하염없이 산길을 헤매고"[5] 있었다. 가고 옴에 막힘이 없자 "해님도 부처고, 달님도 부처/ 아니 아니,/

---

5) 시 「하염없이, 산길을 헤매다」의 마지막 부분.

모든 어둠마저도 부처"6)가 되었다. 시인은 결국 "진짜 내 글씨 한 줄/ 삐뚤삐뚤 썼다"7)고 고백한다. 고독 속에서 '말 속에 말이 없는' 활구活句를 문자로 뱉어 낸 것이다.

사실 글자가 무슨 신령한 물건은 아니다. 『경덕전등록景德傳燈錄』 권제28 「월주대주혜해화상越州大珠慧海和尙」 조에 전하는 다음의 기록은 주목할 가치가 있다.

> 4) "경전은 문자와 종이와 먹물로 이뤄진 것이다. 본성상 공한 이 경전의 어느 곳에 신령함이 있단 말인가? 영험이라는 것은 경전을 지니는 사람의 마음에 있다. 그래서 사물과 신령스럽게 통하고 감응한다. 한 권의 경전을 책상 위에 놓은 뒤 아무도 그 경전을 지니지 않았는데도 경전 스스로 영험이 생기는지(있는지) 시험해 보라(신령함이 생기지 않는다)(經是文字紙墨, 性空何處有靈驗? 靈驗者, 在持經人用心, 所以神通感物. 試將一卷經安著案上, 無人受持, 自 能有靈驗否)!"

경전 자체에 영험이 있는 것이 아니라 경전을 지니는 사람의 마음에 신령함이 있다고 혜해慧海는 지적한다. 그러나 문자로 만들어진 경전도 없이 '마음'만 있으면 신령스러워질까? 경전(문자)을 읽은 마음에 신령이 비로소 깃드는 것이지, 아무것도 읽지 않은 마음 자체가 신령스럽게 변하기는 쉽지 않을 것이다.

---

6) 시 「일면불 월면불日面佛 月面佛」의 마지막 부분.
7) 시 「진짜 내 글씨 한 줄」의 첫 부분.

『유마힐소설경維摩詰所說經』「입불이법문품入不二法門品」에 재미있는 이야기가 있다. 문수보살 등 32명의 보살들이 저마다 '둘이 아닌 진리에 들어가는 방법(入不二法門)'에 대해 말했다. 마지막으로 문수보살이 유마거사에게 "불이문不二門으로 들어가는 것에 대한 당신의 견해는 무엇입니까?"하고 물었다. 유마거사가 침묵으로 답변했다. 문수보살이 "훌륭하도다! 훌륭하도다! 문자와 말이 없는 이것이야말로 둘이 아닌 진리에 들어가는 문."[8]이라며 찬탄했다. 유마거사의 이 침묵이 그 유명한 '유마일묵維摩一黙'이다. '진리 자체(不二)'는 언어·문자에 있지 않고, 진리는 침묵으로 체득하는 것임을 설명할 때 애용하는 말이다.

과연 그럴까! 침묵만 있으면 진리를 체득할 수 있을까? 언어·문자로 진리 그 자체를 설명할 수 없는 것은 사실이다. 언어·문자가 없으면 진리를 가리키는 손가락조차 설명할 수 없다는 점도 외면할 수 없는 현실이다. 그래서 소동파(1037~1101)가 「석각화유마송石恪畫維摩頌」(『소식문집蘇軾文集』 권20)에서 이렇게 읊은 것이리라.

5) "내가 보기에 32명의 보살들은 각자가 생각하는 '불이문(둘이 아닌 진리에 들어가는 문)'에 대해 말했다. 유마힐이 침묵하고 말하지 않자, 32보살이 말한 의미는 일시에 (땅에) 떨어지고 말았다. 내가 보기에 32보살이 말한 의미는 떨어지지 않았다. 유마힐도 처음에는 (「입불이법문품」 앞부분에서) 불이문에 대해 말했다. 예를 들어 밀랍으로 만든 초에 불을 붙이지 않으면 밝아

---

8) "善哉! 善哉! 乃至無有文字語言, 是真入不二法門."

지지 않는다. 홀연 침묵해 말 없는 그곳에 32보살의 설명은 모두 빛나는 불빛이다(我觀三十二菩薩, 各以意談不二門. 而維摩詰黙無語, 三十二意一時墮. 我觀此意亦不墮, 維摩初不離是說. 譬如油蠟作燈燭, 不以火點終不明. 忽見黙然無語處, 三十二說皆光焰)."

불을 붙이지 않으면 촛불이 타오르지 않는다. 침묵을 돋보이게 한 것은 언설言說이다. 말없이 무조건 침묵한다고 그 침묵이 진리와 계합契合하는 것은 아니다. 침묵과 언설은 서로 도와주고 보충하는 관계다. 궁극적인 입장에서 보면 침묵이 진리와 계합하는 것은 사실이나 그 과정에 언설의 역할이 반드시 있다. 무조건 침묵을 긍정하고 언설을 부정할 필요는 없다는 것이 소동파의 생각이다. 32보살의 말들이 유마거사의 침묵을 돋보이게 하고, 빛나게 해 줬다는 점을 부정하기는 힘들다.

불교적 견지에서 보면 시의 역할도 바로 이 점에 있다. 시 자체가 궁극적인 진리를 담아내지는 못한다. 그러나 시가 없다면 진리에 들어가는 입구조차 찾기 힘들다. 최재목의 시도 마찬가지다. 생활 속에서 부딪히는 소소한 사실들에서 진리를 추출하고, 그 진리로 다시 현실의 생활을 해석하고 설명하며 시인은 점차 깨달음의 세계에 몰입한다. 어느 순간 '팍 터지며' '그 무엇'을 터득한다. 『나는 이렇게 살았다 어쩔래』를 통해 나름대로 살아가는 방법을 독자들도 몰록頓 깨닫기를 기원한다.